(EXTRAIT DU SYSTÈME INDUSTRIE

3e. *Partie*, *page* 1re. *et suiv.*)

TRAVAUX

PHILOSOPHIQUES, SCIENTIFIQUES ET POÉTIQUES,

AYANT POUR OBJET

DE FACILITER LA RÉORGANISATION

DE LA

SOCIÉTÉ EUROPÉENNE.

PAR HENRI SAINT-SIMON.

A PARIS,

Chez CORRÉARD, Libraire au Palais-Royal.

JANVIER 1822.

AVANT-PROPOS.

———◆—◆———

Dans notre travail philosophique, nous présenterons la conception d'un nouveau système d'organisation sociale , celle du système que nécessite l'état présent des lumières.

Dans le travail poétique, nous chercherons à passionner tous les hommes , et particulièrement les artistes , pour les principes exposés dans le travail philosophique.

Enfin, dans le travail scientifique, nous procéderons scientifiquement, c'est-à-dire méthodiquement, à la production de la nouvelle combinaison d'organisation sociale ; nous la disposerons de manière à faciliter les moyens d'en déduire les conséquences les plus importantes et les plus utiles.

Nous avons dû commencer par exposer clairement la marche que nous suivrons ; nous allons maintenant présenter quelques considérations générales sur la question que nous avons entrepris de traiter.

Depuis plus de trente ans, tous les hommes possédant quelque capacité positive dans les sciences morales et politiques, tant en France qu'en Angleterre et dans toute l'Europe, s'accordent à dire que la révolution actuelle n'est point particulière à la France, et qu'elle est au contraire commune à tous les peuples de l'Europe occidentale.

Ils ont tous manifesté l'opinion que cette révolution a pour cause le progrès des lumières, d'où il est résulté la nécessité de changer les institutions actuelles, qui ont pris naissance à une époque où les hommes n'avaient encore que peu d'expérience, et où leurs connaissances n'avaient point encore pour base des faits observés.

Enfin ils ont décidé d'un commun accord, que le seul moyen de terminer la crise actuelle, consistait à produire une combinaison d'organisation sociale qui fût fondée sur des principes nouveaux et positifs, sur des faits bien constatés et généralement admis ; la modification et le remaniement des anciens principes, ne pouvant plus suffire aux besoins actuels de la société.

En un mot, depuis long-temps l'école a arrêté ses idées sur ce qui devait être fait en morale et en politique ; mais la conception, dont la société a besoin à cet égard, n'a point encore été produite : or, les travaux que nous venons d'annoncer, ont pour objet d'ouvrir cette nouvelle carrière.

Nous nous bornerons pour aujourd'hui à publier notre travail philosophique. Nous avons cru devoir procurer au public le moyen de porter un premier jugement sur notre conception fondamentale, avant de lui présenter nos autres travaux. Nous ferons paraître incessamment le travail scientifique ainsi que le travail poétique.

Nous traiterons ensuite la question du système représentatif; nous examinerons quel est son véritable caractère, quels sont ses avantages et ses inconvéniens. Nous ferons voir que ce système donne les moyens d'opérer, d'une manière pacifique et insensible, le passage de l'ancien régime social à celui que réclame l'état présent des lumières et de la civilisation.

Nous prouverons que c'est une condition indispensable pour le bien public, que le Roi emploie toute l'influence que lui donne ce système pour augmenter continuellement l'importance politique des hommes dont les travaux sont de l'utilité la plus directe à la majorité de la nation. Nous prouverons qu'en suivant une autre marche, le système représentatif, dont l'objet le plus important est d'éiter les secousses politiques, deviendra lui-même une cause de révolution.

Enfin nous terminerons cette série de travaux en présentant des moyens pour préserver les peuples et les Rois des malheurs dont ils sont menacés par l'effet de la direction fausse et rétrograde qui est donnée dans ce moment au système représentatif.

Ces moyens seront d'un succès certain, si quelques personnes zélées pour le bien public, et ayant de l'importance dans la société, veulent bien combiner leurs efforts avec les nôtres.

TRAVAUX

PHILOSOPHIQUES, SCIENTIFIQUES ET POÉTIQUES.

Je vais vous parler de morale, de politique, d'organisation sociale ; je vais vous exposer en peu de mots l'origine et la cause unique de la crise dans laquelle vous vous trouvez engagés, ainsi que les moyens de terminer cette crise. Je commencerai par vous présenter quelques idées préliminaires.

La morale a pour objet d'organiser l'espèce humaine en société, d'une manière telle que chaque homme trouve le plus grand avantage possible à employer ses forces morales et physiques de la façon la plus utile à lui et à la majorité de ses semblables.

La politique ne doit pas être autre chose que l'application de la morale à l'administration des affaires publiques.

Ainsi l'on doit considérer la morale comme la théorie scientifique de l'organisation sociale, et la politique comme la pratique de cette science.

Jusqu'à présent les hommes se sont laissé guider en politique par la routine ; ils ont donné des métaphores pour base à leur morale, et il en est résulté qu'ils n'ont pu procéder que par tâtonnement à l'organisation de leur société.

Deux conditions principales devaient être remplies avant que la morale pût devenir une science positive, avant que la politique pût prendre la morale pour guide, avant que l'espèce humaine pût se donner une organisation sociale solide, c'est-à-dire, combinée directement dans l'intérêt de la majorité.

La première de ces deux conditions était que l'imagination des hommes se fût calmée ; que le goût du merveilleux eût diminué ; que la métaphysique eût perdu la plus grande partie de son crédit ; en un mot, il fallait que les connaissances positives eussent fait assez de progrès, et que la raison eût acquis assez de force pour que les hommes comptassent davantage sur leurs combinaisons scientifiques et sur leurs travaux industriels que sur leurs croyances, leurs prières et leurs pratiques religieuses, pour obtenir l'amélioration de leur sort.

Or, cette première condition est aujourd'hui parfaitement remplie dans l'Occident de l'Europe.

Elle est remplie par les Princes ; ils prouvent qu'ils comptent davantage sur les combinaisons positives faites par eux et par leurs ministres, pour terminer la crise actuelle, que sur le pouvoir théologique et que sur la capacité des prêtres pour perfectionner l'organisation sociale, puisqu'en formant la Sainte-Alliance, ils ont subalternisé l'action papale, et même l'action ecclésiastique de toutes les sectes religieuses.

La disposition des peuples à cet égard est encore plus fortement prononcée.

Si des Manufacturiers et des Missionnaires arrivent aujourd'hui en même temps dans le même lieu, les premiers proposent du travail, les seconds appellent l'attention des croyans, sur les prières, et sur les pratiques religieuses ; la classe la plus vigoureuse et la plus capable se porte en foule chez les premiers ; les partisans des seconds sont de peu de valeur pour la société.

Quant à la seconde condition, voici en quoi elle consistait :

Il fallait que la masse de la population, c'est-à-dire, il fallait que la plus grande partie des ouvriers eût acquis la capacité suffi-

sante pour être en état de conduire eux-
mêmes leurs affaires personnelles dans la
société.

Or, ils ont évidemment acquis cette capacité dans l'Occident de l'Europe, et particulièrement en France.

Relativement aux ouvriers occupés de cul-
ture, il en a existé des preuves certaines et
multipliées, lors de la vente des domaines
nationaux.

Plusieurs milliers de simples terrassiers
sont devenus subitement possesseurs de
plusieurs arpens de terre, et en général on
les a vus administrer leurs propriétés avec
beaucoup de sagesse et d'intelligence.

Dans toute l'Europe occidentale, les ouvriers de toutes les classes administrent eux-
mêmes leurs salaires ; ils ont acquis la pré-
voyance suffisante pour pourvoir à tous
leurs besoins, et un grand nombre d'entre
eux parviennent à devenir chefs de travaux
industriels importans ; ce qui prouve que
la capacité pour les travaux de l'utilité la plus
positive est assez généralement répandue
dans la masse de la population.

Je résumerai cette introduction, en di-
sant : Toutes les organisations sociales que
l'espèce humaine a reçues jusqu'à présent,

n'ont été et n'ont pu être que provisoires, parce que la majorité de la population se trouvait dans un état d'ignorance qui nécessitait qu'elle restât en tutelle.

Le progrès des lumières a totalement changé l'état des choses à cet égard pour les habitans de l'Europe occidentale. Le seul régime qui puisse leur convenir aujourd'hui, le seul qui puisse acquérir chez eux de la solidité, est celui qui sera combiné directement dans l'intérêt de la majorité de la population.

FRANÇAIS, ANGLAIS, BELGES, HOLLANDAIS, DANOIS, SUÉDOIS, ALLEMANDS, ITALIENS, ESPAGNOLS ET PORTUGAIS, PRINCES ET PEUPLES, c'est à vous collectivement que cet écrit s'adresse.

Vous avez des intérêts communs beaucoup plus importans que ceux à l'égard desquels vous êtes en rivalité les uns avec les autres, et c'est seulement des intérêts qui vous sont communs que je vais vous parler.

Vous êtes tous engagés dans une crise qui, sous le rapport de la morale ainsi que de la politique, attaque plus profondément les bases de l'organisation sociale qu'aucune

de celles qui ont eu lieu depuis l'établisse-
ment du Christianisme.

Quelle est la véritable cause de cette crise?
C'est la première question à éclaircir.

La cause de cette crise est le progrès des
lumières. La civilisation actuelle dans l'Europe occidentale est telle, que ses habitans
peuvent être organisés d'une manière directement avantageuse au plus grand nombre ;
c'est le désir éprouvé par la majorité d'améliorer son sort ; désir qui, rendu plus impé-
rieux chez cette majorité par le sentiment de
sa force, a dû produire la crise dont nous
parlons.

La seconde question à examiner, est
celle-ci : *Quel est le moyen de terminer cette
crise ?*

Le seul moyen d'y pourvoir, est évidemment la création d'un système social qui
convienne à l'état des lumières ; et il est
également évident que la crise continuera
dans toute son intensité, tant que la conception du régime social, qui convient à l'état
des lumières, ne sera pas produite.

Européens occidentaux, les principes
que vous avez reçus de vos ancêtres, ne sont
plus proportionnés à vos lumières et à
vos besoins ; vous marchez sans guide, et

vous ne pourrez avancer qu'en tâtonnant, tant que le système d'une organisation sociale, ayant pour but l'amélioration directe du sort de l'espèce humaine, ne sera pas en activité.

Je vais commencer ce travail, c'est-à-dire, je vais poser les bases du nouveau système.

Voici la profession de foi que je propose aux partisans de la morale et de la politique positive.

Profession de Foi des Fondateurs de la Morale positive.

Je crois que la morale a pour objet général au physique, l'amélioration du sort physique de l'espèce humaine, et au moral, le perfectionnement de son intelligence. Ainsi, pour que la morale devienne positive, il est nécessaire que les moralistes précisent leurs idées sur ce qui peut instituer le bonheur des hommes.

Je crois que le pays où les hommes sont le mieux nourris, le mieux logés, le mieux vêtus, et où ils peuvent voyager le plus commodément, est celui où ils sont les plus heureux sous le rapport physique.

Je crois que si, dans ce même pays, l'intelligence des hommes est développée, que s'ils

sont susceptibles d'apprécier les beaux-arts,
que s'ils connaissent les lois qui régissent les
phénomènes naturels , ainsi que les procédés, au moyen desquels on peut les modifier; enfin, que s'ils sont bienveillans à l'égard
les uns des autres, leur bonheur, sous le rapport moral , est le plus grand possible.

En conséquence, je crois que les moralistes
positifs doivent principalement chercher les
moyens d'organiser la société d'une manière
telle , qu'elle travaille avec le plus d'ardeur
possible à procurer à tous ses membres le
bonheur moral et physique qui a été spécifié
dans les deux articles précédens.

Enfin, je crois que les moralistes doivent
employer les trois forces suivantes pour
concourir à ce grand but;

1°. Exciter ceux qui cultivent les beaux-
arts et qui connaissent les moyens d'agir
sur l'imagination des hommes, à passionner
la société pour son bien-être général , sous
les rapports moraux et physiques positifs;

2°. Pousser les savans à s'emparer de
l'éducation publique , et à répandre , par
leur professorat, la connaissance des lois qui
régissent les phénomènes naturels , et des
procédés au moyen desquels on peut les
modifier, en leur recommandant , surtout ,

d'établir la démonstration que le moyen d'obtenir le plus grand bonheur personnel, est celui d'être le plus utile qu'il est possible aux autres ;

3°. Enfin, qu'ils doivent faire sentir aux chefs des travaux industriels qu'il leur sera avantageux de se combiner avec les savans et les artistes, pour leurs intérêts généraux, de même qu'ils s'associent journellement avec eux pour leurs intérêts particuliers.

Profession de Foi des Fondateurs de la Politique positive.

Je crois que la propriété industrielle est celle à laquelle on doit principalement attribuer le droit de voter l'impôt.

Je crois que les possesseurs des propriétés industrielles sont les plus intéressés de tous les sociétaires au maintien de l'ordre général, à la tranquillité politique, ainsi qu'à la bonne administration des deniers publics.

Je crois que les propriétaires industriels sont les seuls sociétaires dont la capacité en administration soit constatée par des preuves positives et publiques.

Je crois que les industriels riches commandant les ouvriers dans leurs travaux

journaliers, sont par conséquent les chefs
du peuple dont ils font nécessairement
partie; d'où il résulte qu'ils sont les chefs
directs et naturels de la nation travaillante,
qui est la seule à laquelle la morale, la jus-
tice et le bon sens permettent d'accorder
des droits politiques.

Je crois que l'attribution principale du
droit de voter l'impôt aux propriétaires industriels, établira dans la société le plus haut
degré d'égalité dont elle soit susceptible.

Car les propriétaires industriels jouiront
nécessairement du plus haut degré de consi-
dération, quand ils seront, plus particulièrement que les autres citoyens, chargés
de voter l'impôt. Or, l'expérience a prou-
vé, que parmi les chefs des premières mai-
sons d'industrie, il se trouvait toujours
des hommes qui avaient débuté dans la
carrière comme simples ouvriers. Les citoyens de la dernière classe pourront donc
toujours parvenir au premier rang, ce qui
ne peut point exister dans un ordre social
où la propriété territoriale, sans capacité
constatée, donne le principal droit de voter
l'impôt.

Je crois que les pouvoirs politiques doivent être partagés en deux classes ; les uns ayant pour objet d'administrer les intérêts moraux, et les autres de régir les intérêts physiques de la société.

Les savans dans les sciences physiques et mathématiques, réunis aux artistes (1), doivent être chargés de l'instruction publique, ainsi que de tous les travaux qui ont pour objet le perfectionnement de l'intelligence collective et individuelle des membres de la société.

Les cultivateurs, les fabricans et les négocians doivent être principalement chargés de diriger l'administration des intérêts physiques de la société.

Le pouvoir temporel et le pouvoir spirituel doivent être indépendans l'un de l'autre, excepté sous le rapport pécuniaire, à l'égard duquel le pouvoir spirituel doit dépendre du pouvoir temporel.

Français, Anglais, Belges, Hollandais, Danois, Suédois, Allemands, Italiens, Espagnols et Portugais, Princes et Peuples,

Je dois préciser, autant que possible, les

---

(1) La poésie est le premier des beaux-arts ; la littérature ne doit être considérée que comme un appendice de la poésie.

idées sur lesquelles j'appelle votre attention
par cet écrit. Pour atteindre ce but, je vais
les résumer en peu de mots.

Je vous dirai donc, d'abord,

Que, dans l'état présent de vos lumières,
vous pouvez organiser votre société directement dans l'intérêt du plus grand nombre.

Je vous dirai ensuite :

Que le pouvoir spirituel doit être con-
fié aux savans positifs et aux artistes réunis;
que les cultivateurs et les fabricans réunis aux
négocians, doivent être principalement chargés de la direction du pouvoir temporel.

Je vais maintenant vous parler des me-
sures d'exécution.

Il est évident que la première devait con-
sister à faire connaître les bases du système
que je propose d'établir. J'ai cherché dans le
présent écrit, à atteindre ce premier but.

Comme seconde mesure, je travaille à la
formation d'une société libre, ayant pour objet la propagation et le développement des
principes qui doivent servir de base au nouveau système.

Je déclare donc, dès ce moment, que toute
personne qui admettra les professions de foi

énoncées ci-dessus, sera membre de cette société.

Les sociétaires qui seront artistes, devront employer leurs talens à passionner la société générale, pour l'amélioration de son sort.

Les savans qui seront membres de la société, devront présenter les moyens généraux à employer pour améliorer directement le sort de la majorité de la grande nation des Européens occidentaux.

Les chefs des travaux industriels qui s'associeront aux efforts des artistes et des savans, devront user de toute leur influence sur la masse de la société pour lui faire sentir qu'il est de son intérêt de soutenir cette entreprise.

Cette entreprise est de la même nature que celle de la fondation du christianisme ; elle a pour objet direct d'améliorer le sort de la dernière classe de la société, et pour but général de rendre tous les hommes heureux, quels que soient leur rang actuel et leur position.

Les fondateurs *de la morale et de la politique positive*, de même que les premiers chrétiens, auront la violence en horreur. Ils n'agiront sur les esprits que par voie de persuasion et de démonstration.

Imprimerie de Madame Veuve PORTHMANN,
Rue Sainte-Anne, n°. 43.